不要，不要，
尼尼都不要～～～！

圖 原愛美　文 Keropons　譯 許婷婷

尼尼，
來洗澡吧！

不要。 不要。

尼ㄋㄧˊ尼ㄋㄧˊ

不要～～～!!

尼尼，等一下。

不要。 不要。

尼尼

不要～～！！

尼尼，真是的，快過來！

不要。不要。

尼ㄋㄧˊ尼ㄋㄧˊ

不要～!!

尼尼， 你快變成光溜溜了喔！

不要。
不要。

尼尼

不要～～!!

光屁屁的尼尼。

光肚肚的尼尼。

抓到了！

磨磨臉， 搔搔癢，
呵呵笑。

咻～！

撲通撲通

尼尼
好舒服喔！

暖呼呼的尼尼，

洗好嘍！

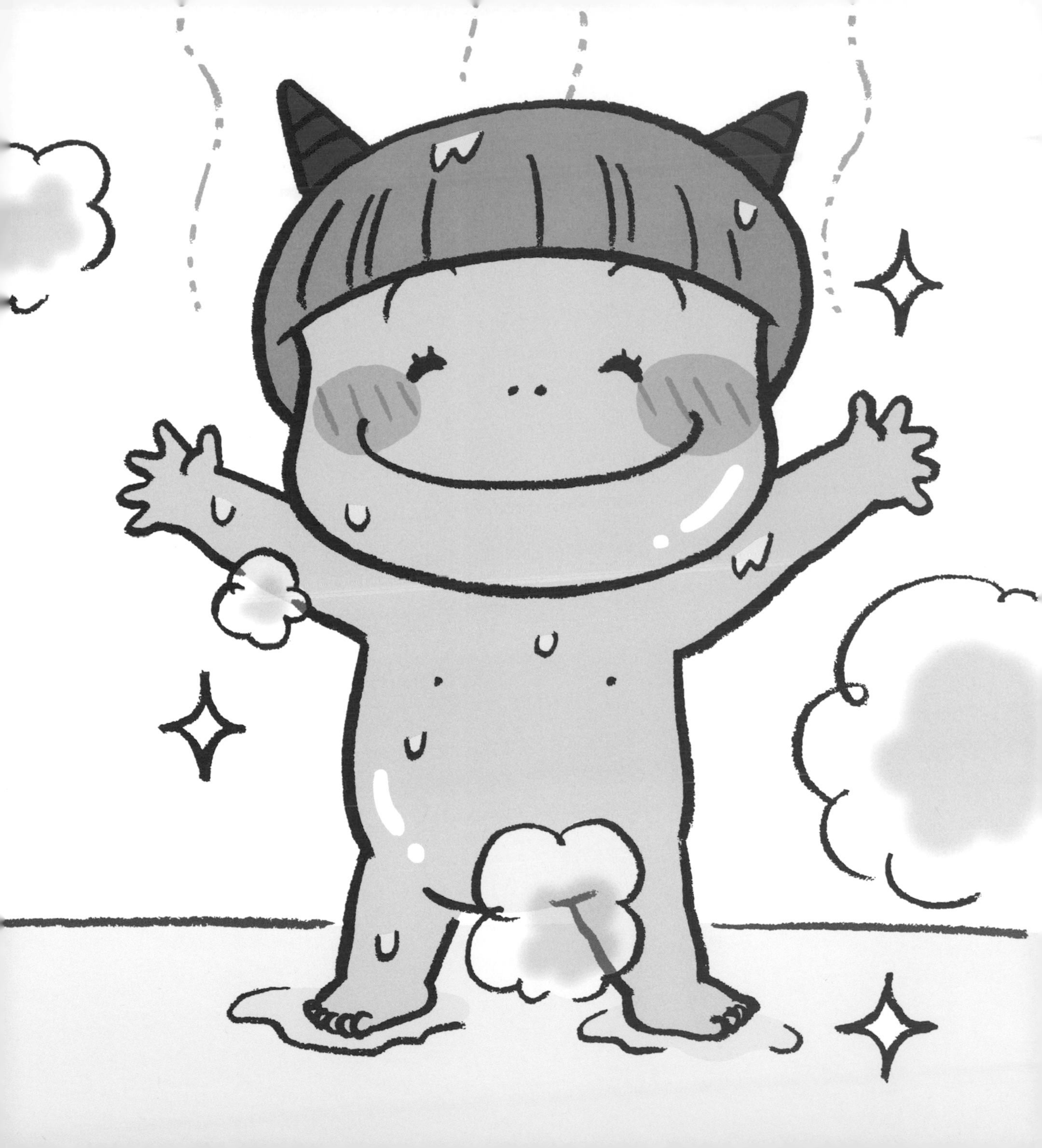

繪本 0244

不要，不要，尼尼都不要~~~！

圖｜原愛美　文｜Keropons　譯｜許婷婷

責任編輯｜張佑旭　特約編輯｜張瑞芳　美術設計｜林家蓁　行銷企劃｜劉盈萱
天下雜誌群創辦人｜殷允芃　董事長兼執行長｜何琦瑜
媒體暨產品事業群
總經理｜游玉雪　副總經理｜林彥傑　總編輯｜林欣靜
行銷總監｜林育菁　副總監｜蔡忠琦　版權主任｜何晨瑋、黃微真

出版者｜親子天下股份有限公司　地址｜台北市 104 建國北路一段 96 號 4F
電話｜(02)2509-2800　傳真｜(02)2509-2462　網址｜www.parenting.com.tw
讀者服務專線｜(02)2662-0332　週一～週五：09:00 ～ 17:30
讀者服務傳真｜(02)2662-6048　客服信箱｜parenting@cw.com.tw
法律顧問｜台英國際商務法律事務所・羅明通律師
製版印刷｜中原造像股份有限公司
總經銷｜大和圖書有限公司　電話：(02)8990-2588

出版日期｜2020 年 4 月第一版第一次印行
2024 年 4 月第一版第六次印行
定價｜280 元　書號｜BKKP0244P　ISBN｜978-957-503-562-4(精裝)

訂購服務 ----------------------------
親子天下 Shopping｜shopping.parenting.com.tw
海外・大量訂購｜parenting@cw.com.tw
書香花園｜台北市建國北路二段 6 巷 11 號 電話 (02)2506-1635
劃撥帳號｜50331356 親子天下股份有限公司

圖 原愛美

插畫家、藝術總監。
從人物設計至廣告涉足多領域。以自家兩歲多孩子為範本設計出細膩寫實且惹人憐愛的小尼尼形象。

文 Keropons

增田裕子和平田明子所組成的音樂團體。
創作出適合孩子歌謠的作詞、作曲與編舞，也在親子演唱會或以保育員為對象的講座中演出。除此之外亦發表繪本作品。

譯 許婷婷

東京大學教育學博士課程修畢，御茶水女子大學文學碩士，淡江大學文學碩士，具備日本口譯協會專業口譯執照。2008 年成立【藍莓媽咪日文繪本親子讀書會】，透過繪本和童謠，以童心韻文和溫馨手指謠的方式，帶領所有愛聽故事的孩子們進入日文繪本故事的殿堂，繪本譯作有《爺爺的天堂筆記本》、《脫不下來啊！》（三采出版）、《我們大不同》（小魯出版）等。